BLINDE BIENEN

KATHRIN SCHMIDT

BLINDE BIENEN

GEDICHTE

KIEPENHEUER & WITSCH

ich häftlingin du

wasn zuletzt?: vogelkloppe
ums tote insekt. ich lachend,
rauchend aufm hochsitz, als mir
smesser aufspringt im täschchen,
die arteria choroidea schlitzt. von nun an
alles. sehr schnell schemen. bruchstück. haft.
ausgestreckt. raffts mich. mimt budenzauber,
bis ich nach wochen zu mir zurückkomm. ein rechtes
leichlein liegt in der lakengruft, links
überlebt. oberhalb kopfes flirren die monitore,
ferngesteuert schlägts herz darauf ein: wasn das.
wasn das. wasn das. wasn ditte? wasn das. wasn
fürn graben im kopf? wasn für blutbrücken drüber?
schemen. bruchstück. haft. ich häftlingin du,
epileptisch
verkrümmt. die kopffarbe ausgekoffert, haare fortan
hinfort, grau in die jahre gedehnt. da brauchts
aber keinen. aber einen: feindstaub, der mitzischelt
im untergedöns. ngedengelten
zwitscherling, sensenfräulein. oder
wer immer.

wer anderen ein ei ins nest färbt

für Volker Braun

muss nicht kuckuck schrein,
kann aber klang im namen tragen und ohne unterleib
sein.
ich zum beispiel habe die welt erreicht an einem eher
eng zu nennenden ort
in einer eher eng zu nennenden landschaft, die,
von bergen umstellt,
am thüringer becken hing. mein nest war mir sicher,
nie hatte ich furcht, der vorrat wollte nicht reichen, und
dass mir
die kleider schnell platzten aus den *volkseigenen* nähten,
war meine wie meiner mutter und großmutter absicht.
die wände schienen noch ganz zum schutz ums
familiäre gestirn
gezogen, ums tägliche zuckerei und die freitagswäsche.
die enge machte zum beispiel, dass ich sie kennen-
zulernen vermochte,
dass ich all ihre winkel und kleinlichen öffnungen
kannte, ihren geruch,
ihre hitze, die in wechselnden streifen von kälte
durchzogen schien.
ich hockte einfach im nest und wartete ab, während
man mir
die füße, die finger, den kopf auf die keimende brust
band, was ich genoss
um der klaren grenzen willen, die man um mich
gezogen hatte.
noch wusste ich den einen, den anderen begehbaren
schrank, aus dem das eine,

das andere stück zum zweck der verkleidung leicht zu entnehmen
und nachher leicht zu verstauen schien, denn gebunden ans nest
hab ich sehr gern geklaut, bin plündernd durch die provokationen gezogen,
mit eingewinkeltem herzen, eingewinkeltem blick.
(nach aufrechtem gang kein verlangen, die hände vorm schoß.)
so einem kind wie mir haben die sachen nicht passen wollen,
die ich mit vorliebe trug, manchmal erbte und färbte in kirsch oder braun,
die ich endlerte und auftrug bis zum abmickeln,
ohne dass irgendjemand im nest davon sprach.
ich hatte immer einen aufsatz im blut reifen, der sich nicht leichtfertig
aufsagen ließ oder aufschreiben, ohne dass eine leise
ahnung seiner struktur in mir zu ankern versuchte.
so ging ich langsam ans platzen. nicht mit effekt, nicht
mit hörbarem knall, einer merklichen druckwelle gar – ich ließ nur
die beine ein bisschen baumeln über den rand, ein buch in der hand,
inzwischen von kindern umstellt, deren zungen bös zu reden verstanden.
zuerst lösten sich auf sehr einfache weise zwei knoten
in tief gelegenen gefäßen, ließen so manches organ

in blüte geraten, beispielsweise die augen, die anders zu
sehen vorgaben,
oder die milz, die mich fortan zu schützen meinte vor
legionellen und
wundbrand. später leckten die adern luft. arme, beine
und kopf lösten sich
von der brust, dass druckstellen sichtbar wurden,
ich aber im großen und
ganzen, was dechiffriert natürlich im kleinen und
halben nur hieß,
wirklich ein dickes ei blieb, fremdgelegt in ein (wenn
auch)
enger werdendes nest und von unterleibslosen vögeln
mit falschem (wenn auch) futter gestopft.

landname

in landes namen bist du kaum geboren,
da gehn schon aus dem leimwort hütdudich,
kommrum und seidabei. im röckchen
letztere, das wackelt, passt und luft hat für die welt,
darin der wind stehtgeht und fällt.
mit hütchen hütdudich. kommrum im heldenfrack.
du liegst noch nackt in leimworts schatten, da macht
schon landes name, dass dir kleider wachsen quer
übern leib, vokabel für vokabel fest verstrickt.
der beilauffaden schillert in den landesfarben.
so bunt gemustert bist du lustig bis befeuert
und stellst die jahre auf den kopf. bist farben-
froh. unmerklich aber kann es plötzlich sein,
dass weiß dein geist austritt, sich aufpflanzt
vor dem ungefähren schatten, den leimwort wirft,
und tönet: hütdudich! kommrum und seidabei!
(du siehst sie lachen, flattern, hörst sie nicht.)
du zuckst zusammen, leimworts zunge schnellt hervor.
dran hängen die drei geistesgrößen über kurz,
und du schaust hinterher, wie sie ins leimwort eingehn.
aus der traum. in landes namen trennt sich sprachlich
nun wieder auf, was dir ein kleid war und so fest
verstrickt.
dein deutsch geht aufn törn nach leimworts mitte
und lässt dich ohne sich zurück. bis wieder einer
kommt,
von dem zu sagen wäre: in landes namen bist du kaum
geboren …

das andere

hinter der stirn, im schädelfach der gespaltenen
ehre, liegt mein zerbrochener bruder, dessen
vergangene zeiten den meinen ähneln: zusammen
nahmen wir den garten der eltern als welt,
die strahlend schönen tage nicht gezählt.
ausgekoffert lag die grube fürs häuschen
brach für jahrzehnte darin. wir spielten räuber,
gendarm und canaille, hockten uns unters gebüsch
und schlossen die augen, meinten, der andere
sieht uns
so nicht. aber *das eine* sah uns sehr wohl,
seine arme streckte es nach uns aus, dass nichts
ausblieb,
nicht das geknotete blautuch, der eid auf die fahne
oder das alte schweigen, während das seinerzeit
neue leben von osten her kam. *das eine*
nutzte die kindlich vertropfende zeit für gelübde
und riten der tüchtigkeit, riss mir den arsch auf,
dass ich nicht sitzen blieb, sondern voll fieber
zwischen den aktivisten nach ruhm suchen half.
hatte ich welchen gefunden, gab ich ihn fort,
als heizte mir seine sonne nicht weiter ein.
ich wurde genügsam und spröd, *das eine*
versuchte mich nicht, aber umgarnte den bruder:
am eingang zur hölle gab der den kopf dem portier,
während sein anzug den ehrenmann spielte. *das eine*
hockte wie immer in lauernder stellung, zockte
den ehrenmann ab, die berichte flossen nur so,
mein beflissener bruder sah sich beim mithören zu,

beim beschatten und spähen. ich wandte mich ab.
zwischen uns stille, gespenstisch die zeit, und
verdunklung.
irgendwann aber, als am eingang zur hölle
sein kopf den nicht vorhandenen fuß in die nicht
vorhandene hand nahm und der phantomschmerz
ihn quälte,
brach der kontrakt. den anzug rief er zurück,
zog ihn aus, nachdem er sich seines kopfes versichert
hatte. schlich sich davon. *das eine* ließ ihn nun
fallen. mein schöner, neu zu gewinnender bruder
zerbrach nicht, sondern verharrte in kleiner stellung.
beherrschte zeiten, in denen wir wieder geschwister
wurden unterm verstuckten plafond, geduckte,
verlorene kinder, bis grenzlinien fielen. bis aus den
häuten, hoden, lungen, ovarien und hirnen
das eine reißaus nahm. und während der flucht,
während wir
alle ihm stolz und voller verachtung nachsahn,
zog es *das andere* hinter sich her: unbemerkt
kam es, in unserem rücken, nahm in uns platz.
das fleisch, eben für einen augenblick frei,
war schon wieder gebucht. es knackte. mein bruder
zerbrach. die kleine stellung war nicht mehr zu halten.
rechte, gesetze standen nun schlange und trieben ihn
laut vor sich her. er fiel, stand auf, fiel wieder.
dass er sich rettete, kann man nicht sagen.
ihm blieb nur
mein schädelfach. das der gespaltenen ehre.

bandsalat im preußischen urstromteller

hartwinklig: das wälderdreieck. die hypotenuse
schlägt haken. gefangen bist du, zahlst
den farngelagen am boden
die zeche mit schlaf. schlaf,
der unterm waldfuß flockt, schwarzsauer.
privatkino, träume als

brauchbare haftklappen. *achtung,*
stillgestanden! kaskadeure, die stunts für morgen
in den knochen, beäugen dich. schlagen haken
in die katheten des dreiecks, kantern
davon. du gehst in serie, dein schraubkopf
muttert am stamm, stemmst dich
dagegen und bist doch untertan
dem codex der arithmetischen reihe
fliegender fische und fahnen – wie früher,

als – *augen geradeaus!* – du
an den regeln knabbertest, nach denen du
aufgestellt warst, ein papp-häschen im papp-ornat
der ordensfrauen. *wir beginnen*
jetzt den tanz der verlorenen, *den sportunterricht*
mit gekappten flügeln, festgeschnürt
ums leibchen. traum, der die niere berührt, zu
bandsalat führt im preußischen urstromteller,
mit einem kräftigen sport frei! wird auch das letzte
gelotste beutetier empfangen, dem das herz
ausm hals hängt wie dir.

schlüsselfrage

du sollst dem kindskörper einen namen
zwischen die jackenschichten packen seine kleinen
perlzehen küssen ihn windeln seine mit deinen
lauten
malen ihn spiegeln. seine knapp geborene haut
sichern dafür sorgen dass sie farbe bekommt seine
handinnenflächen aneinanderschlagen
singen ihn fallen lassen den kleinen reiter ihn
im kopf behalten. ihn am kopf halten die bäuerlein
abwarten seine verschlusssachen öffnen oder
unbeantwortet zurückgehen lassen an orte
wo sie womöglich herkamen aber wer will das
schon so genau. wissen wirst du
schon dass du ihn aufziehen musst oder? der
schlüssel steckt.

frühlings aufstieg

das schmelzwasser geht mir über
den kragen, schwemmt jetzt den überfluss,
vom winter unter die haut gepolstert, hinab
in den schlamm. noch reden
die vögel amharisch, ich kann sie
so schlecht verstehen. verstehe sie aber gut, wenn
sie der kirsche unter die haut gehn, die birke
bevölkern. wenn sie dem frühling ihr herz zeigen,
jenem verstörten, buckligen wal, der in meinem
garten strandete und nicht mehr weiß,
wo er herkam. wohin es ihn zieht. er pfeift nur,
es rasselt in seinen lungen. die vögel sinnen auf
rettung,
zerren den wal aus dem schlick und werfen ihn
hoch an den himmel.
machen ihm flügel. die metamorphose
könnte gelingen. schon reden sie amharisch
miteinander
da oben, der frühlingskoloss und seine luftgefüllten
sponsoren.

ob sommer, ob winter:

allmählich nehmen die tage
sich kürzer aus. sie schrumpfen
zwischen den fingern, flitschen
in kleine spalten zwischen den stunden
und halten erschöpft ein, wenn auch
ich innehalte. sie zählen
vierundzwanzig stunden, deren jede
so lang ist wie vordem, doch einzeln
gemessen. zusammengenommen, geraten
sie schneller denn je an ein ende.
mich wundert das schon,
bis ich allmählich merke: nicht originale,
sondern kopien halten mich hin! am tage
der lebensmitte gespiegelt, geben sie
bilder von früheren tagen zur prüfung,
an mir ist es nun zu vergleichen:
heute hat *morgen* schon einmal
stattgefunden als *gestern*, zwar wechseln
menschen und orte, doch bleiben
die grundzüge gleich, die tochter
spielt mutter, die mutter gibt ihren abschied.
so trag ich mich selbst dorthin, wo die
irrende zeit zwischen roh entrindeten
stimmen noch immer ihr ende sucht,
das schwarz steht und schweigt,
und aus dem spiegel steigt
der erste schrei.

horrende käfigzahlen, schnorrende gestalten

mainächte, verkehrt herum aufgehängt: wie
sie am morgen mit den abenden klappern,
die ausgeklinkten
sprengsätze einfangen, flaschen auffüllen.
wie sie arrestzellen leeren, messer wieder
in hosentaschen verstecken, glimmenden zigaretten
die glut nehmen, sie verschwinden lassen in
schachteln.
wie sie dem galligen ekel die mitternachtsspitze
abbrechen,
dass man sie nicht einmal ahnt.

mainächte, nach denen die schnorrer geben, die käfige
offen stehen, die länder verbraucht sind,
obwohl der abend sie unberührt liegen lässt.

spiegelgedoppelt

der wispermohn, seine maßlose rötung,
die kahn fuhr im baumschatten, sprenkelmut
deines gesichts – ein umstandsgefilde der heimeligkeit

warnzeichen kippten, da dopplungen anstanden
der vokale, der konsonanten: das zündeln mit haarriss
und hassriss braucht zunder und schwamm,
du zeigtest ein feuerzeugnis, die paraffinierte
fintentinte sprach liebe im augenblick
zwischen den tiden des irrens

nur luna schaute uns zu, wie wir stumme botschaften
ins boot schafften, das körperklangpendel stand stille,
unterm *whispermoon* mohnwispern: lau

sprechendes rehtier

in den freileitungen oszilliert der helle tag,
ein raubvogel durchsegelt die stille.
auch die baumzungen schweigen. so wird kein
brückenkopf über den verstummten
waldkragen geschlagen.

stattdessen läuft ein sprechendes rehtier von links
ganz langsam nach rechts, seine lippen
bewegt es kaum sichtbar. sein ton
ist wächsern und schmilzt in der schwüle.

zurück bleibt das lautlose. ich habe stöckchen
hineingesteckt. sie markieren, wo wir schlafen
könnten, wären wir jung.

verspielt

und der bussard verlor die beeren,
die er unter den flügeln trug. er segelte
um die dorfkirche, deren schatten
sich über den anger spannte. ein mädchenkind
sprang quer übern platz, seine beinchen
sprachen im wechsel fraktur
von der vor ihm liegenden zeit, die zöpfe,
verflochten mit luftsträhnen, pfefferten
so schnelle takte auf seine schultern, dass unsere blicke
das geschmetter nicht einholen konnten. nur langsam
kamen wir der vorstellung näher, es könnte
unsere tochter sein.

blinde bienen

im rücken, im herbst steckt die ahnung, wir könnten
bleifarben bleiben, zweigeteilt himmelsfindling
genannt.
versterbezahlen bekümmern uns kaum, wir gehen
schlupflungenklamm
ins gehäuse, getöse, machen uns etwas aus derbem
schuhlederklang,
verfahrensfehler geben den rahmen, vernageltes holz,
das auf nichts aus ist. ein reh schaut durchs fenster
herein.
noch sind wir nicht sichtbar, ein mottenpaar, das
kastanien zusetzt.
verlarvte kinderpuppen haben wir eilig verlassen,
man minimiert uns, indem man das laub aufrafft,
das sommers schon fällt. wenn die bienen in ihrer
blindheit
am himmel baumeln wie faules gezänk. wenn ein
abgehalfterter ärmel
zurückbleibt. steh du ruhig auf, deine stimme ist
milchkaffeefarben,
dein singen gelingt nicht. die blinden bienen haben
pulver im pelz,
dass es stäubt, dass es juckt. betäubt taumeln sie
zwischen den bäumen,
den sträuchern und meinen uns nicht. für den
augenblick
lass ich sie fahren, die ahnung im rücken. im herbst.

apfelbolero

über monate hattest du das flirrende käferdesaster
in deinem zimmer geduldet, die zuckerschnecken
im ausguss, die blaustichige notbraut im bett.

als das vorbei war, ging der schildfächer scheppernd
hinüber in die berühmten brüche, die schilfdächer
der behausungen raschelten russischbraun, du konntest
nichts mehr verstehen, das dorfwesen streikte.

tümelnde klänge, in denen es lacht: deine brautnot
wurde gewissheit, der stich ins blaue programm,
dein apfelgelber bolero zu kurz überm hohen
nabel – es lacht.

birnen erraten

ich habe birnen gekauft, sie duften
unter der achsel hervor, aus dem
beutel, du könntest sie,
wenn du nur wolltest, erraten.

du aber nimmst die tasche von meiner schulter,
den lebenden kater von meinem arm
und vom haar dir den glanz,
um ihn in die eigenen augen zu reiben.
den meerstreifen kannst du nicht sehen
unter der eben versinkenden sonne.

hättest du birnen erraten, wären wir
schwimmen gegangen im süßen saft, wir wären
beide behände delphine gewesen, denen
der abend nichts anhaben kann.

stromausfalls abendgabe

winter wars. auf herzstolz geeicht, wollten wir
unsere zermürbten böden unter die äpfel legen,
die aus den öfen schmauchten. der süße saft
drang uns porlingen schnell zwischen die schuppen,
                                                                        dass wir
berauscht aufjaulten, als auch schon stromausfall folgte.
staatliche personen lungerten im schlotrechten winkel,
ein stegreiflümmel platzte ins plangeschäft. bezirzte
können eher beziffern, dachte ich noch, da sprang ein
lamm aus der röhre, schüttelte würze vom leib und
                                                                  verschwand.
spuren von rosmarin trugen fortan die staatsdiener,
die nicht schnell genug fortspringen konnten, in ihren
knopflochvarianten, ein jeder in leder. vom lamm
keine spur. lass uns aus, und vorbei geht dezember,
versprochen. ich wage im planquadrat des verzeihens
so manches verflirrspiel, amnestisch verdreht,
                                                         wenn auch
die abende geben, was ich nicht annehmen kann.

lippenblütler

für Christa Wolf

wie halbwüchsige lagen wir unter dem sonnenwagen,
zungen im lispelschatten nannten uns *lippenblütler*,
ich steckte ahnungslos in porösen membranen.
wir atmeten luft. in leisen kreisen segelten bussarde
über uns hin,

als du zu rutschen begannst, ganz leicht, aus dem lot.
kaum merklich der schrägstand der achse, aber dein
blick
beugte die wiese zum hang, dessen mögliches ende
dir nahe kam. ich döste in deinem rücken.

du wagtest den blickfeldversuch, während ich
einfach dalag und nicht merkte, wie du die nadel
aus meinem haar zogst und dir durchs trommelfell
bohrtest,
du wolltest nicht hören müssen, was du sehen würdest.

inzwischen hatte ich endlich die augen geöffnet: in
deinen
stand herzmüdigkeit. vorsichtshalber nahm ich deinen
hohlmuskel
unter die zunge, das *filzige herzgespann* lag dir
kassandrisch im blut,

ehe es in die atmosphäre zu blühen begann.
schnell ward ich dein mündel auf abruf, dein
bündelchen briefe
blieb in mir. noch immer blute ich aus den lippen
und lese darin.

punkt. machen.

auf deinen punkt, zum letzten komma, bin ich, rabe
des tages, jetzt gekommen. fließe über. versteine.
im wechsel. deine kinder, kindisch, klagen beine
und arme ein. ich habe nichts zu bringen. nabe

um nabe stockt, der wagen bricht. mein irres lieben
geht aus dem leim. versuppt. verschleimt. bleibt nur
das hoffen
auf offnes, deinerseits. mir wächst ein bart, besoffen
stehn die haare ab. die zähne. was, wenn blieben

nur die wechsel des geschlechts und der gestalten?
mir springt, was weiß ich, um und um der riemen, der
dich
zähmen soll. wiegt schwer. läuft niemals rund. wer mich
so sieht, dem bin ich eigen. rabe, nächtens. in falten

leg ich dich und mich. und schreie, schreibe. in einem
fort. dann wieder rückwärts. zugewandt verschmerzen
einander lieb und leib. wie süße äpfel. verherzen
entzweit. was nicht in eins kommt, nützt nichts. keinem.

wo du herkommst

wo der langfinger hinlangt, der mir aus dem herzen
treibt.
wo die luft stillsteht, selbst wenn du zischlaute sprichst.
wo staub auf den schranken und fliegen darunter liegen.
wo du einatmend heimat rufst und ausatmend hausrat.
wo englische tees an die zeiten erinnern, zu denen es
taut.
wo dein bein mir ein rätsel stellt, dein arm eine falle.
wo ich geblieben bin.

los. gezogen.

kein schmerz. der kopf war bleilos und blutmatt, die
beine liefen von selbst. nicht halbe sachen, der ganze
kerl
kam ins bild, wo ich ihn fertigmachte (wollte
nicht jemand sein aufjaulen aufnehmen? den krach
der brechenden knochen, den fetzton der haut?),
zur sau,
ihn aufmischte, bändigte, prügelte, ihm einheizte,
heimzahlte, nachtrug, die leviten las, kurzen prozess
hielt.
ich siegte, mitten in die geschichte hinein, den
herzpflock, die gebundenen füße nahm ich als zeichen
des perfekts, das herübergrüßte mit lodrigem leuchten.
windelweich lag sein waschleder vor mir, sein allen
fällen entschundenes glied, dass mir warm ward.
mein
puls jagte ihm nach, mein sinus knotete seinen,
geknebelt
hockte er mir unterm knie, mein rock war zerrissen,
aber
das geld reichte aus für drei neue. so selbstlos
war ich
für augenblicke, dass ich die andere frau nicht
gleich sah,
die schwarze, gesteinigte, den *bastard* fest
ums brustbein geschnürt. ging vorbei, den blick
geweitet,
dem acheron zu. stieg ein in den kahn, und charon
wartete

auf mein opfer, müde und gleichgültig, damit er
nicht zweimal hinübermüsse. ich sah ihnen nach,
ihrer
blutigen zuneigung, sie blickten kalt
zu mir auf, so kalt, dass ich zitterte.

wolfsblau

sagtest du, *die augen sind wolfsblau*,
und schautest aufs leichlein, das sie dir hingebettet
hatten zum aufschneiden, ausnehmen, ein hase
mit loch, die blutbrandung tiefrot
ums leck, dass dir schlecht ward und du
das messer aus der hand legen musstest,

das nun ein anderer nahm und einfuhr,
er zählte nicht mit, wenn die därme, das herz
und die anderen inneren teile
zum vorschein kamen, *wolfsblau* der magen,
die galle, *wolfsblau* sah es dich an, das leichlein,
bis das fell überm kopf war und ihr den blick

tauschtet: dein leer gezogener gegen seinen,
dein fades lächeln gegen sein hasenlachen,
laut und dröhnend, und *wolfsblau* sahst du
mich an, dass mir anders zumut war.

im öl der hitznacht

wolltest du schwimmen, im schwitzwerk
der raffinierten sehnsüchte ein wenig hanteln,
bis mir der atem ausginge, die haut
um die ohren flockte, vom business-
kostümchen den rock wolltest du über meine
streifigen hüften ziehen, über die kniekehlen,
die füße hinab ins tal der lautlosigkeit, in die bucht
der unbehausten beschwerden. dein hefiges
haar dünstete mich an, mich aus, dein verwinkelter
körper kannte pardon. so wurden wir bruder-
schwestern,
klebten uns ab. so entweihten wir zeit,
die sich an uns verging.

reloaded

sporadische spuren von faulem in der zeitbeuge,
dazwischen die eine oder andere herzvariante,
der das fühlmittel fehlt, während die lunge
den füllstandsanzeiger blockiert.
die fingerknospen auf suche im zungenbecken,
hier und da blütenansätze, -körbe. vestibuläre
räume, in denen es ordnungen schneit. kann sein,
dass wir den elbdeich verwechselten und eine
peristaltische manschette vor augen hatten, jedenfalls
wurde dem wasser die luft abgeschnürt.
von himmelsfetzen gänzlich bedeckt, lagerten wir
in imaginärer tundra. kann sein, dass es das war,
was permafrost auslöste. was dir den eisschweiß
auf die stirn trieb.

blenden. paradieren.

so lichtblind scheint der augenblick,
dass du für einen atemzug
die lider schließt. im blitzlicht
blätternd, geht die zeit zurück.
ihr stufenschritt verschreckt dich nicht:
du kannst für den moment die sonne sehen,
wie sie über den tag kriecht,
an dem du dich um eine braunpause
verspätest.

die zeit, die scheu

immer im paarpack: die zeit, die scheu. gedoppelte
spinnmilben, deren klebrige beinchen den lamellen
anhaften, durch die ich aufs dach seh. nichts vergeht,
seit sich das eine dem anderen aufsattelt. so still
steht die stunde, dass du mein verschwisterter wirst
im namen, doch kann ich keinen anfang nehmen
aus dir. ruhig blut, denk ich noch, und seh es schon
sickern aus deiner leckgerissenen kehle.

pupillenkokillen

sprinklelichter. ihr laxes strahlen
fällt über den heizwert her, den ich dir beimesse,
beiliegend. ich halte die augen offen: pupillen
sind stranggusskokillen, sind durchschlupf
für bessere aussichten. motten, türme und menschen
verfangen sich drinnen, ehe sie noch ein weilchen
vibrieren, dem schlaf zu. der unter dem schlaf
rastenden wachheit, die sich tarnt
mit geschlossenen lidern.

auch ich tarne mich. täusche
noch jeden über die kälte hinweg, aus der ich
hinausschau. pupillen sind stranggusskokillen:
heiß fällt ein, was schließlich erfriert an mir,
meinem inneren fischblut. verstehst du
eis? verstehst du eisen, dessen eben entstehende haut
zart überm brammenbrei zittert?
meine aussicht ist hoffnungslos,
solange du heizt.

also fahre ich, während du wachst unterm schlaf,
mit den fingern unter die lider und ziehe
uns aus den häuten. aus deiner. aus meiner.
flüssig fällt der erstickende stoff
über dich her. aus gefrierendem auge
ist konisches material leicht zu entfernen. pupillen
sind stranggusskokillen. frostiges klirren
klingt lange noch nach in meinem
stahlgrauen blick.

himmels engnässe

ein geschundener himmel hängt über den
köpfen, mustert sie mit aufgerissenem blick,
aus dem zeit schießt wie wasser. ganz nass stehen jetzt
mann und frau beieinander und wissen nicht,
welche verfahrensfragen sich abkoppeln müssen
in diesem verstummspiel, diesem scheidegescheiten
streiten um höhen und tiefen. die kaffeekämpfe
nach dem erwachen sind nicht zu vergessen
und nicht das paarige wagnis gemeinsamer
mundart. so tief hängt der himmel, dass
das gesichtsfeld sich engkreist,
verloren geht.

auf tritt verzweifeln:

sehr schön anberaumt von dir
und mir, macht es den vater aller dinge zur mutter.
legt eine schöne spur, der jemand folgt.
das ist der stand. die lage. deine knochen
geben kein geräusch. noch nicht. wer mit dem zweifel
geht, verpasst die fährte. und zur nacht hin schleichen
sich tiere an. hasen. iltisse. erstaunlich
langsam. eh verzweifeln zuschlägt, hat es dich
enteignet.

ebbe und flut

das pochen deiner fingerknochen auf holz
macht hoffen, gezeiten kämen und gingen
den dingen nach. die ebbe dem blut, die flut
dir. verkrustete tage weichten im wetter-
und wasseranfall, fielen in fetzen zu boden.
den lodenmantel rissest du ab, um nicht unterzugehn.

wenn ich dann sagen müsste: seit tagen schon
rutsch ich auf deinen knien durch die welt!,
es wär nicht gelogen. vielmehr sogen sich
unsre leiber in eins. vorläufig aber nur
hoffen, gezeiten kämen und gingen
den dingen nach.

spähstück für mond und frau

der späher krault jetzt bis ins laub die erde.
sie bebt, er drängt in ihre müde glut.
wer mit dem mond geht, hat die drohgebärde
des alterns in der tasche. loosermut

ist alles, was den blassen späher bindet
an finstre himmel, wie es viele hat.
sie knistern, wenn die nacht sich selbst entzündet.
im sternenregen nimmt er dann sein bad

und macht sich seinen hof. ein funkenluder
umstreicht ihn geil, dass er die mittnacht flieht
ins fadenlose. läuft er aus dem ruder,
dem dotter gar, wird's nichts mit einem ritt

in hohem bogen, und dem späher gleitet,
schwarzab, schwarzauf, das lot aus seinen polen.
die lose achse trifft mich vorbereitet,
und feuer schlägt aus meinen stillen sohlen.

ein vogel hinkte, stumpf

schlich beunruhigung über der verschneiten fläche,
die sich von auge zu auge spreizte, ein webgespinst
mit eben aufschwebendem reifschleier.

meine knie zeichneten konzentrisch den schnee:
wellenkreise, in denen symptome stockten,
in denen die stille stagnierte, während ich weiter zu
hören blieb,
den kaum zu behebenden fehler im blut.

ekstasen blieben dem bleigesicherten fruchtstock
fremd. ein vogel hinkte stumpf über den verfrorenen
see,
beunruhigt. sein schnabel
morste fühlbarkeitszeichen aufs eis.

durchschwärmte nächte

im zungenklanglicht hör ich stille schwärmer
den abend langziehn. hör die kleider bleichen,
mit denen sie die mitternacht erreichen
im dunkelen, wo wolfsmilch, weißer germer

und fingerhut einander grad umarmen:
man kann sie so nicht sehn, sie stehn verschwistert
im wiesengrund, wo die libelle wispert,
wo hautgeflügelte sich noch erbarmen,

zur nacht ins licht fliehn. umgepflügte sprachen
ergeben gute gründe den gerüchten,
die sich im klanglicht fremder zungen züchten.
sie steigen auf, papierne flüsterdrachen.

der stillen schwärmer wisperschar hält inne,
das weiß des weins bricht sich am augenweißen,
es schillert, flimmert, schwirrt im glas, es reißen
die hautgeflügelten der seidenspinne

ein bein heraus. und noch eins. im verstummen
des augenblicks entlarvt sich nichts. verschleiert
stehn morgens wald und feld. die abendfeier
schwebt als legende über allem, summend.

aber der flugsimulator,

wie er mein dingwort dreht,
von nord nach nordost, kleine
vernunftschneisen schlägt in die
augenblickslose versammlung,
macht den auflauf perfekt:
gedachtschneckenspuren, über
die schöne käsedecke gezogen, über
die beinschere, ausgebremst
vor dem kniekehlenschnitt.
habe ich dingwort gesagt?
habe ich dengeln gemeint?
aber der flugsimulator, wie er mich
scharf macht, mich zuspitzt, und
was will er richten, dass er mir die knöchel
über die ohren kreuzt, mir den stehauf
besorgt, die stetige
schaukelmanie?

atmen, florieren

hörst du im struppgebüsch noch amselschreie?
mauswispern? liegst im armhohen grase
und flötest ihr eins, dass die sinne schwanken,
und die ranken gerten der hasel-,
holundersträuche, die blanken zinnen der entfernt
liegenden stadt zittern im rhythmus der
flackernden freuden, derer du voll bist. gefüllt bis oben.
schoben nicht du und ich neulich noch großlust?
was weiß denn nun ich, stehe abseits, aber sehe
nach dir, dir nach, und das, was geschieht, geschieht.
die augen des luchses hab ich mir angetan, ihn getötet.
der kadaver liegt im streifigen narbenland
vergessener nächte, beginnt zu stinken,
aber das musst du nicht merken. du atmest, florierst,
ehe die bachstelzen kommen, die frühen spechte.
knechte des abschieds halten mich fest,
mich zurück, dass nicht heißes wachs meiner wut
dich trifft. wie gut, dass wir zwei sind. dass nicht meine
verletzten herzfasern dir schmerz machen.

milde kleine diagnosesplitter

der wind, den ich spürte, leimte die linien der frau
in die landschaft, dass, wo sie stand, kein platz blieb
für magere hunde, sie holte den winkelzug bauchtanz
herauf aus den unterleibstaschen und ließ ihn kreisen,
eines ums andere mal, um die eigene achse,
der landstrich zog über die lider,
die sie geschlossen hielt wie das lokal,
aus dem sie zum ende der nacht geflohen war,
ich lehnte mit krummem rücken
am pfahl des verzeihens, der dir
im fleisch steckte, sah zu ihr hin, und dein schlafen
war nichts als ein notbehelf.

retrospektiv

das ritzel deiner zweiradtechnik steckte im dunkel.
du sprangst signalen in die triggerflanke und fingst
die zeichen ein, die vor verfrühten stürzen warnten.
ein stiller junge strich ums haus und weinte,
sein blick ging auf, davon, als er dich witterte …
erinnerst du dich?
an das blaken des liebesspans im lämpchen?
an den balken, der durch dein zimmer zog
wie eine dünne brise? an mich, an dich?
ans blanke des entsetzens?
wir waren so verzogen, dass nichts passte,
aus meinem mund stieg deine feuchtigkeit,
die elstern kreischten aus den achselnestern,
verstohlne schwestern.
momente wie diese verwischen die matte scheibe
der rückschau, fiktionspartikel diffundieren
in die gedächtnismenopause. utopisches helium.
dort, wo kein blut mehr fließt, lernt es verweilen.

saum und sander, zaum und zander

die luft lehnt reglos am geschiebefächer, fossile
chakren depeschieren, fühlbar. die energien
ziehn dir die schuhe aus, du angelst barfuß, wo am
saum
des sanders die hechte weiße wassernähte heften.
sie springen winkelspitz in deinen eimer als kannibalen,
die einander heilen von hunger, fernweh und
verbocktem
gründeln, in schmaler anzahl schwimmt der feiste rest.
die flossenstrahlen stehn in schönen formeln, brillieren
hart
und weich durch warmes licht, und was dich angeht,
sind
verborgte träume indiz für gleitgegelte tage. der wind
steigt schnell in seine wasserhose, nimmt sich aus
deinen segeln
und braust auf, ins wanken kommt der alluviale fächer.
sein winken gilt den bäumen, die drauf wurzeln,
und dir. du greifst das böckchen von der hungerklippe
und stellst es neben dich, gemeinsam seht ihr nun den
fischen zu.
(du zäumst das tier vom schwanze auf, wenn du nach
seiner
flossenformel fahndest, oder?) ein zander zeigt sich
links im bild,
er will sich überlisten lassen, du köderst ihn
kunst deines wassersüppchens. mit hecht und fogasch
ziehn wir schließlich ab, fossile chakren absorbieren
jede energie, die luft lehnt reglos am geschiebefächer.

mondversucht

immer am traum scheiden sich meine geister, das ab-
gerundete nullsummen stiefelt auf hohem absatz
in mir herum. habe ich das gewollt? oder die sperber-
federn auf meinem hohen kragen? so weiß ich es nicht.
wie.
und die nacht steigt federleicht über die toten stunden.
es tropft. ich versuche, flüssige butter von der
verschütteten
zeit zu schlecken, die rauhe zunge geht mir aus den
kiefersparren,
tanzt auf dem tisch. immer im traum haben mich meine
geister
ganz abgetan, dass ich nach ihnen nicht mehr verlange.
sondern
nur wagen kann, meinen platz zwischen ihnen zu
finden.
das futteral baumelt am mond. seinem spitzen kinn.
wird es stumpf,
müssen wir durch die aufgetrennten nähte dorthin
zurück,
sie und ich. und schimmernde butter von der oberfläche
auf zeit.

blaue symbiose

ich lag auf dem schiff, den nachtspeicherkörper barfuß
unter die sterne gestreckt. sah, als ich schlafen lernte,
oft einsame trinker von bord gehn, banderolenlatein
auf der zunge. heimlich wie flüchtlingsspuren der echos
flüsterten schraube, anker und steuermann miteinander
um schützenhilfe – sie hatten das ziel verfehlt,
einander freundlich zu schaukeln.
stattdessen den nervösen schiffsjungen gestopft,
bis der regen ihn aufschäumte im mondlicht,
espresso mit milch. wie das kind später
von bord ging, einsam und blau, war kein symbol.
war nur einfache folge meiner erfolglosigkeit
beim erlernen des schlafs. putzerfische drangen ihm
zwischen die kiemen. später holte er blaue luft aus der
tasche.
so blau, dass ich nicht wissen wollte, wer sie
geschnürt und wer das tuch blut hineingeklont hatte,
das er sich still um die dürre schulter band.

hundssterben, engelstod

ich sitze im fliegenden zeug. da unten
fangen die zaunketten an, in denen das land liegt.
kleine, gebleichte mulden dazwischen, in die man sich
zum schlaf betten kann. so von oben wie gefädelte
senken.
dämmerungshalter. der abend steht halb dunkel darin.
als wären es flughunde, ziehn schwärme von engeln
unter uns. ich muss sie mit ansehn. einer von ihnen
legt jetzt den kopf, so still, als wärs tag, unters fallbeil
der nacht, die plötzlich hereinbricht.

vokalise geht einkaufen

verlorene lippenmüh, könnte man meinen,
wie du die vokalise zum einkaufen schickst,
aber das geöffnete mundkuvert gibt linien her,
die sich allmählich verstricken, die netze
nötigen händlern rabatte ab für überflüssige dinge,
schmale etuis für deinen gelenkigen körper,
ketten, in denen du niemals zu liegen gedenkst
oder rabattenpflanzen, denen der grund fehlen wird.
ein verkäufer aber spricht wilde katzen zwischen
die monophthonge, nichts bleibt, wie es war,
das mundkuvert zieht das netz ein, in der höhle
dahinter rollen die schönen vokale sich still,
sie stecken im hals wie schlafende kinderknochen.

hier

mein fluchtgepunktetes schopf- oder kopftuch,
mein rosiges bräuchlein, mein sorgenstern. im museum
der abgehalfterten dinge die schönsten.
mein milchfädchen. mein ungefeuer.
ganz aus dem lid gefallen scheint der augenblick.

kein böcklicht männlein

fragt um ein-, um austritt nach.
mein alter, ego, bleibt mein nasser schweifstern,
zitternd
unterm nagelmond. im wittern nimmt der kopfmeteorit
noch vor dem einschlag fühlung auf. zu dir?
wer kann das wissen. wie zeit und lupe
zueinandergehen, verlangsamt sich dein schritt,
du stockst. du zuckst im stocken, und immer wieder
schlägt ein ruck, ein rückchen durch das stückchen
weg von dir zu mir. kein böcklicht männlein
fragt um stundengunst und -liebe. nur du, mein
alter, ego, bist so fortgeschritten, dass rot ins haar muss
zum verbot von weißem. das grätige des leibes,
des vormals bronzenen, wie räucherfisch ganz heillos
duftend,
gefällt sich in der fallsucht, epileptisch
stehn die ellipsen um parabeln schlange,
in denen es zur alten sache geht: *was tust du,*
nächstenlieber, im gewölle verflockter szenen?
da ist es gut, wenn wirklich nichts
und niemand weiß, dass ich im wittchenschnee die
elsenkluge heiß.

ein, aus

gebe ich einen laut ins luft?
zupfe ich aus dem luft einen laut?
das luft steht ausgegossen wie spülicht (höricht,
fühlicht)
zwischen den hauszeilen, deren knotige schriften
ins verlassene driften zum ortsrand hin, nebelgelenke
verbinden die domizile der wachsamkeit, das luft hat
den fuß
in der tür, die hand an der klinke, schwelt, sickert ins
fadenkreuz der gebogenen brauen, von wo es ein
katzsprung ist ins kalkül, durch den kopf
schießt das luft mit gedoppelter flinte,
vergessenstinte löscht aus, was da war, war da was?,
das luft wird nass vom gebrauch, faucht
aus den lungen ins spülicht zurück, fühl ich,
hör ich, mein laut hat den ausgang gefunden,
ins luft, aus luft.

hamster ans herz

auf der sprachenbrache des erinnerns hat die *Dritte*
Ausgesprochene Bewusstseinsbehörde
ihr zelt aufgeschlagen, das segeltuch salutiert schon
von weitem mit frisch gechlortem charisma. du
schulterst
dein cruisergewicht, begibst dich ins premiumblau
der gealterten zeiten, doch was du siehst, zieht dir
die handschuhe aus: zwei glückliche händchen
im licht, zwei hirnfarnwedel auf abruf. ihr lauern
verträgt weder fingerringwechsel noch üble
gedächtnisprämissen, sie suchen die haut
nach taufrischem gegendruck ab. was sie finden
ist mietwiderstand. dir gelingt, was soll sein,
ein pudding mit blutzuckerguß in stunden süßer
boykotte.

während du isst, ordnet sich das chaos der
großmutterknochen
komplett zum skelett. als sehnen und muskeln
sich zeigen, dringen
synaptische schlingen zwischen die fasern, die masern
zeigen sich auf der langsam jünger werdenden haut.
daran
war sie gestorben, bevor sie nun aufsteht und anzüge
bürstet. noch einmal begibst du dich mit behördlichem
segen auf raubzug ins kleinstadtgewöll, hebst deinen
früheren hamster ans herz und siehst aus dem fenster.

gültiger laufpass

der wald schien taktil an sein ende gekommen,
noch ehe er aufhörte, kontaktrezeptoren
verloren jeglichen nutzen, alle berührung
ging leer aus und ein in die geschichte der
unbrauchbarkeiten.
gräser verweigerten sich ein- oder zweifacher
nähe, kein stein, der nicht rollte, kein laub,
das nicht floh,
rehe waren für den moment als punkte, dann
nicht mehr zu sehen, so gut ich auch akkommodierte.
in dieser situation lief eine zweifach gebeutelte
asylwölfin durch die bildlichtung,
ein fremdling, ein greenhorn im flüchtigen grün,
dachte ich noch, als sie auch schon auf mich zusprang,
sie lüpfte einen der beutel für mich.
im andern warst du, ich lernte dich fühlen durchs fell,
der wald saß uns tief in den knochen, als wir uns
weit entfernt davon aus den pelzigen futteralen wühlten,
die wölfin ein letztes mal drückten
und ihr den laufpass gaben, mit dem sie zumindest
den nächsten grenzbaum passieren konnte.

effendi im effektenfieber

bist frau? *bist eulen?* – heult
effendi im effektenfieber,
er kann ja nicht verstehen,
dass er nicht sehen darf,
was unterm hemdchen dümpelt.
doch da versteift sich eulenfräulein
auf den zeigesinn, da gimpelt's
brüstlein vor, zurück, ein stück
effendi gibt sich süß verzaubert,
das andere taubert um die gimpelbrust
herum. (ganz stumm wird liebe nie
zur welt gebracht, die welt zur liebe …)
wenn's hiebe setzt, hier im effekten-
fieber, dann kommen ja und nein
nicht überein. der steinewerfer im effendi
schätzt sich glücklich, das stückchen süße
aus dem leib zu reißen. es weit fort zu pfeffern.
und schläfern frau und eulen ihn
schließlich ein, verliert das nein, das hier
im anzug war. der schwebt jetzt auf die säulen
des portikus hinauf, das aufgeschlaufte
röckchen grüßt von unten mit einem runden
ja.

zur mitte bleibt, wie es war, einfach alles

der tückische ton, der von unten her durch den
frühnebel stößt,
das warnflaggenleuchten, die platzpatronen im brot,
selbst die grinsende
quote, der schichtfrauenspind. so ungefähr
schwankt das schon lange. so ungefähr habe ich mich
erwartet,
mein betörendes zaudern vorm feind, die kleine
frequenz
auf zielgerader strecke. (vergiss nicht, wir hatten
gebogene brauen,
unter denen es immerhin blitzte! wir trugen knoten
am hals, hormone und heimweh darunter!)
vertraute zeit, die im blaumann ums haus schlich:
so unversehrt schienen wir damals, als aus den
stoßstellen
das blut grüßte, wieder verschwand. jetzt aber
versteck dich, der eckstein muss aus dem weg,
die blinkende rücklichterkette.
mir liegt ein essigsaurer film in den achseln,
wenn ich dich liebe und soll achtung sagen,
und soll kein mann sein, der
mit anderen männern geht.

vorzeitkometen

an der wand diese abdrücke, eindrücke
von eisennägeln, wie sie längst verschwundene
töne anschlagen, jahrhundertschaften entfernt …
aus dem lehm, aus den ziegeln atmet sie dunkel,
schleichende schar eben bemerkter vorzeitkometen.

kaum sitz ich am tisch, als sie auch schon nacheinander
die wand
in der linken ecke verlassen, über dem fenster, ich
wundere mich.
als hätten sie fäustlings mein auge zerdrückt, seh ich
schwarz,
seh nicht vor, nicht zurück, bis ein leises klingeln verrät:
sie bewegen sich. auf mich zu. machen nicht halt vor
der grenze des körpers
und schlüpfen herein wie knöpfe in vorbereitete löcher,
von denen ich nichts geahnt hatte.

in meinem nun aufgeregt schnatternden brustmuskel
spür ich den pacemaker pflichtschuldig ticken,
gerade noch rechtzeitig warf er synkopen heraus
aus dem rhythmus, da lädt
ihn die eisengenagelte schar auch schon ein
zum magnetischen *prasdnik*, sie feiern sich heiß,
sie kümmern sich nicht um mich.

als ich aufwache, schwitzend, zeigt meine haut
dunkle flecke, die langsam verschwinden,
sie knöpfen sich aus den löchern
und ziehen zurück zur wand,
wo sie irgendwann prangen wie vordem. an das,
was geschah, erinnert versengt nur mein haar.

verzogener atlas

glattgeschwitzte gebärden, nach denen
der hahn kräht, der klee ruft: die herbe entfernung
zur kühle liegt abgeschminkt auf der
puderdose, ein wattepad rutscht in den spalt
der gechlorten reproduktion. gehälftelte mimik
in essig und wachs,
während dein erbrad rollt.
der weg führt vorbei an gedoppelten
bildern, verwischten, verwaschenen stichen. der puls
schlägt nägel in die kopierten behelfe, genetische
flächenmaße im aufriss. der wolkenhund bellt
von oben herab auf dich ein,
aber im anatomischen atlas
kein anlass zu gesteigerter libido, statt dessen ein
frischer,
gebleichter faltenkomplex, verpufften bovisten ähnlich,
deren staub sich noch nicht gänzlich verzogen hat.

mein mandarin

sieben chinesische siegel über die stirn gecrinklet,
dein faltennetz. der instinkt gefällt sich als echstier,
das wechselwarm (winterlicht) spürt: nichts
war, wie es bleibt. fest zwischen den krähenfüßen
die augen. kleine, flirrende pulsfrequenzblitze,
und wie sie über das nasenbein tänzeln,
hinab bis zum blassroten egelpaar! zungennass:
lipgloss, siebenfach. das wangenpolster rechts dicker
als links,
die brauen fingerbreit voneinander entfernt
in der höhe. an der nasenachse gespiegelt,
bleibt jede hälfte für sich.

jede hälfte gedoppelt, bist du zwei fremdlinge.
mein mandarin: deine gesichter, darin die faulen
brauenfische zu viert schwimmen.
meine trompetenden ärmel dir um die köpfe
gewickelt, damit ich nicht dauernd hinsehen muss.
immer der fremdheitsgeruch nahebei.
die münder, die nasen, die dunkel an etwas erinnern.

kandarenstarr

die blassgelbe mondsichel über dem himmel, der
haftanstalt: ihre stiche versäubern den horizont.
mein traumzeug hält mich
im zügel, dass ich bald mondblass, kandarenstarr,
kauere. halseisen, handschellen bis ins privatkino.
im kittchen des traums ist gut lauern:
auf zellentumulte. im zuchthaus ausgeklügelten
chromosomenarrest. blockierte zeugung, genetikknebel
im aufgerissenen hals.
bazillenkarzer mit festem pfropf auf dem loch …
was hier vor sich geht, geht mir nach ins verlies,
wo ich sprüche und flüche im maulkorb
des ungesagten versammle.
welche zwangsjackenstimmung!
welch razzienradau!

in die bastille mit den einfach gestillten,
ungeeichten kinderseelen. hier zählt nicht mehr,
blassgelb, der mondsichelschnitt,
was die tretmühle schlaf erlaubt. irgendwer probt
hier den aufstand als stück, dem ich zuschauen kann:
fortgesetzte versuche, die flügel aus dem lasso zu ziehen,
mit dem er gefesselt ist,
seit man ihn fing. gefangener engel? im kerker?
im schuldturm der juninacht?
wenn ich mich umdreh,
sind's nur kopien gefangener engel.
reproduziert. geklont. baugleich.

meisterstücke von erbanlagenfahrern.
dem genpool entstiegen mit fischnasser haut
und sonnenmilch hinter den ohren.
die schlinge, den strick schon am schönen,
sehr langen hals. die flügel verschnürt, können sie
zur doppelhelix gewundenen segen nicht mehr erteilen.

ich sehe mich in der runde der genbanker, mein
schlips stürzt über die brust hinab, stößt das herz an:
verhaftetes, wehrhaftes herz. setzt dagegen.
macht mich zur zeugin, die aussagen muss im prozess.
angeklagt: mond. und seine aktionen,
den horizont zu versäubern mit sorgsamem saum,
dass wir nicht drüber hinausschauen können,
was kommt.

siebter block, fünfter stock

lizentgrabenstraße, königsberg
uliza mariupolskaja, kaliningrad

das grünkommando plant längst attentate, es ist april.
durch meinen seitlichen leichtsinn streift pregelfarben
der wolf, seine pfoten hinterlassen wie zoten
im hirnschlick zeichen, dass nichts aus
noch vorbei ist. du bist mein hotel, wenn ich stammle:
leninskij steindamm. moskovskij unterlaak.
gealterte tatsachen, zu mosernden schlaufen gedreht
im modernden windgeruch. da ist schlecht anstalten
machen, heilanstalten zumal. ich trotze bei tisch.
motze bei freunden. beherzte witze, ins windspiel
gedrückt. auf schienen läuft sich der wolf
seinen wolf, sie liegen rostend im gras, dem man
den schlachtplan immer noch ansieht, aus dem
es trieb. wer da einst straßenbahn fuhr, lebt hier
nicht mehr, meiner mutter greinendes beispiel
lässt sich nicht blicken. in den plattengelenken
der wohnscheiben knirschen noch ziegel, zermürbte
kellergeschosse falten sehr sanfte bögen
neben das gleis. siebter block, fünfter stock –
das heutige haus schlägt drei fensterkreuze
unter den tauben himmel, die wimmernden angeln
kann er nicht hören. wenn ich auch weiß, wer ich bin,
geb ich acht. das grünkommando steht gewehr bei fuß.

wir wussten, wir trugen polnische

rinderzunge im koffer, ließen während der heimfahrt
noch alle taschen geschlossen. kontrollierten die
frischen
plomben in unseren sorglosen öffnungen. versäuberte
ackernähte hielten den blick in schuss, dass nichts
aufkam.

wussten wir? flirrte polnische luft vor den scheiben?
das fenster schnappte danach, reklamepartikel
rasteten einen moment auf der netzhaut, flüchteten
dann.
aromatischer mischpilzgeruch. ich betörte dich nicht.

wir wussten? wir schleppten deutsche vatersnamen
nach hause. verwaltungszirkel teilten die hirnareale.
um ein paar stillstandsworte geprellt, verfilzten sich
heillos
drei, vier historische schläfenlappen.

wir wussten, es würde nicht züllichau heißen,
was auf den fotos sich zeigte. nicht crossen, nicht
meseritz.
rissen den fuß ins gesicht, fanden halt. die rinderzunge
regte sich sacht, duftete sehr barbarisch.

es ging um nichts

nur der fliegende fisch aus dem norden
brauchte beachtung, wie er die ostsee ans mittelmeer
heften wollte, gefügiger stichflug, die spröden flossen
agierten absichtslos in verschiedenen sprachen,
hackten ihn durch wind- und wettergels
springende blasen, wir stellten ihm
virtuell wasser zur seite, damit er auf seinem flug
den gesetzen zu folgen lernte,
die wir uns ausgedacht hatten, er hatte
etwas vom hering, trotz bartelgewelsten gelächters
im off, unter ihm stieß sein schatten ins horn.

vor venedig stürzte inzwischen gewittrige seide
vom himmel, zu viel fürs netz,
das sofort kollabierte, der fisch verschwand,
wir konnten noch eine weile das nachbild
des zerrissenen heftfadens sehen,
wie es über den schönen alpen schlingerte.

erneute reise in eingezäunte reviere

es verschlug uns, nach türkien, wie die ebenfalls
fliegende frau neben mir sagte. schnell noch eine sture
sure verballhornt, in der sixtinischen sitznische
feinstaub geschnüffelt – wir sind gefeit
gegen angriffe waschmittelresistenter religionen,
wir sind taubenfremd brandsicher.

wie man uns aber dennoch den kollaps
aus dem kopf nimmt, den schlag
aus dem blut, ist sprichwörtlich.
frisch abgedeckelt mit kunststoffkalotten,
kann uns keiner. so kugelfest sind wir plötzlich,
so sicher vor neuem raptus, dass wir albern und lachen,
während auf der straße, von unseren füßen,
weiße linien uns in ihren herrischen bann ziehen.
wir laufen ihnen eilfertig nach.

dorfaue, abendlich

(teltow-fläming)

vorn wind, der stücke aus dem weichbild reißt,
und hinten nichts. stille. blickdicht
bewegungsmelder, die anschlagen bei jedem
straucheln, jeder abweichung. souffleure,
in den taschen die partituren von damals,
markieren den weg. (wer niemals
hinhört, kriegt den mund nicht
voll, die brust nicht leer.) sinkende
iris, deren farbsaum ins licht stößt.
bis sie untergeht, bleibt wenig zeit.
Schöner unsere Städte –
die losung tropft vom tor – *und Gemeinden* –
im drahtverhau des stillgelegten gartenbaus.
epileptisch zuckt ruine um ruine, bis sie
die fallsucht gänzlich übermannt. der dürftigkeitsapostel
bläst zum zapfenstreich gen abend,
wenn die schatten wieder länger werden,
eh sie im dunst des übergangs vergehn.
der schlacht – *mach mit!* – ruf tönt wie trocken blut,
das an der hauswand dümpelt und
verdirbt, und alte nahen, abgeduckt,
zum großen plauschangriff. zusammen
sind wir drei, sind vier. vorn wind,
der stücke aus dem weichbild reißt, und hinten
nichts.

rahmen aus luft

diese stadtbewohner, stimmen, mit denen sie
sprechen, schuhe, die neben ihnen, bündel,
die unter ihrem kopf liegen, flaschen, die sie wie in
einem stillen auftrag leeren – das alles,
in einem rahmen aus luft, ist nur die kopie,
um die du mich batest. in wirklichkeit habe ich
unter der bank in deine augen gesehen und darauf
geachtet,
dass du mich ansiehst, und als du aufstandest,
warst du sofort im bilde, in einem rahmen aus luft,
ich nahm dich mit und nagelte dich über den tisch,
an dem ich gewöhnlich frühstücke,
ehe ich dich im park zu suchen beginne und finde,
unter der bank, darauf diese stadtbewohner, stimmen,
mit denen sie sprechen, schuhe, die neben ihnen,
bündel,
die unter ihrem kopf liegen, flaschen, die sie
wie in einem stillen auftrag leeren, uns beiden
ein haus sind, in einem rahmen aus luft.

invaliden. veteranen. straßen.

benommene zeit. ich halte mich vorzugsweise
auf friedhöfen auf: waschechte, blaustichige
grabsteine ködern die luft, in deren ballungsräumen,
zwei, drei meter im kugelformat, der sauerstoff
senkrecht zum totenlot steht. im kreuz
feuer aus funkien, tränenden herzen und platterbsen,
die sich herüberfraßen vom straßenrand. eine vorsichtig
keimende frau nimmt unkraut vom grabspiegel,
die andere pflanzt. ich weiß nicht, was kommt,
aber der äther ist deutlich zu spüren.
er narkotisiert uns, dich und mich
und die vielen kinder und kindeskinder im nachzug,
dass uns ganz schwarz wird vor augen.
so muss es aussehen,
öffneten wir sie noch einmal, wenn wir die invaliden-,
die veteranenstraße bis zum ende abgelaufen sind,
während die zeit, die benommene, uns einpackt.

konkordanzfall

mein bleichgesicht könnte mehr sein
als eine monstranz? diese annahme
nahm uns in anspruch. du wühltest im findelgewindel,
ich griff in die lehre. nur eine lederne maske
sprach vom gespannten dasein, vom eingemachten
zwischen den schläfenlappen. die ordnung der schlinge
halste sich ein bleichgewicht auf, das eine zeitlang
als ente im wasser schwamm, bis du schriest, lautlos:
der maßnahmeplan könnte geflötet haben, gelötet sein!
meine beherrschung war sprichwörtlich.
dein gleichgesicht sprach bände von gedichten
in meine richtung, die vor der muschel verebbten:
das ohr war nur aufgestellt für psalmen
der eleganz. auf dem teetisch verleitete palmenkandis
zu indischem wetter, der schweiß troff auf einmal
aus allen poren. verlockte gefährten, murmelte ich, aber
das gleichgewicht hielt uns in schach, wir sanken matt
in die waagschalen der balance.

mumbay, schreiende

hähne, und wasser, auf kurzen wegen,
durchs fleisch, zurück ins becken geleitet,
in die kloake geflockt, gesinterte, kabel
schwenkende steinfassaden, ein gruß
dem jahrhundert, es kniet vor der aufgebockten
sonne, unteilbar geworden, im mischwald der
hunderotten, der hundezungen und hundehaufen, der
beinlosen hundekörper, rotgelaufenen
kinderfüße, der beine, rasierter frauen-,
ungehobelter männerschienen, und waden,
fersen, fesseln, sohlen, und drüber die anderen, becken,
seidige hüften, und rutscht, glanz in die gosse,
das mischt sich, verwirbelt, säuft ab, ein ersoffener
kreislauf, noch zuckt er, schlägt blasen,
auf den asphalt, in die seifigen
brackwassergumpen, der trotz der jauche,
fällt aus an den toten, am morgen, am nichts, das mit
null reagiert, ins unvergängliche glitscht, erlischt,
und leichtes zischen, wenn wieder nirvana
von ferne nur leuchtet, vom meer, azur, in faulendes
braun gekentert, gekippt, wir fische verwinden das nie,
erzählt mir ein stier, ich verstehe, versteife,
dem kleidchen fehlen fünf deutsche kilo an mir,
und will mich verlassen, und hoden von straßentieren,
nägel, die strotzenden beutel
im vorbeigehn, versehen, gestreift, pulsieren, gereizt,
ein hörbares unterfutter zum eisernen singen der rohre,
über, unter der erde, dem stein, den abgeworfenen,
lasten der besitzlosen, aufgeworfenen, lippen,

und wunden, insektentrauben daran, reife, fäulnis,
essigsaure begierden, liquide sekrete,
einander in ewiger lösung verbunden, das putzt sich
nicht weg, nicht mich, das kleid
geht über den bordstein, die ausnahme, die regel,
setzt ein, fällt aus, an den toten, an mum,
an baby, in mumbay, am morgen,
schreiende, kreischende
hähne

überschlägig:

eine frau sein, zwischengerollt
routine und fantasie. dass im nervengefasel
am ende noch bauch aufbricht und licht
übern damm kommt.
die wolkenfragmente gehortet, verwahrt.
im pilzkorb gesammelte totentrompeten,
schwindlingsgleich fahl.

so sang, so schlamm.
meine zwischengelagerten rothäute
machen bambule, dass mir ganz warm wird.
im inneren ein zerschnittener kaffeebaum,
ein matrose auf landritt.
das ist ein alter traum, der sich ganz von selbst
herüberträumt aus dem ebenso
kapitalistischen ausland.

ich hatte im mund ein bündel

blutwurz, lief, meine stiere im nacken,
dem halbsatz zu, ein halbes
chromosomengelächter, das mir an die wäsche,
die blanke substanz ging, ich feierte
bauchladenschluss, das dreiundvierzigste jahr
hatte ich so gestanden, die hände
nach vorn oder oben, ergeben, ich fühlte das bündel
wispern im mund, es bat um sein
ende, den blutsturz –

an den füßen der
zwillingskinder hafteten dreck
von heiligen kühen und schäferhundkot,
die wege waren mir deutlich markiert
und bedeutet, immerhin schon das dreiundvierzigste
jahr hatte ich so gestanden, die hände
zur frucht geknotet, ein einziges
futteral, uterale ader
unter dem abraum aus fleisch –

ex. und hopp. explodierte
kein fisch, keine fliege
fiel von der wand. nur leichtes
vibrieren, von engelszungen
in die stockende luft geküsst,
dass ich umfiel, figur
ohne standbein, fruchtknotenblau
schon das dreiundvierzigste jahr,
einfach erledigt.

brachmond mit frauen

wie sie am morgen sich schniegeln und bügeln,
ehe der bus hupt und aufschnappt, dann zu.
wie sie das fehlen von frühnebel nutzen, geputzte
brillen und schuhe zu zeigen auf dem dienstweg,
während die männer sich noch einmal umdrehen,
ohne sich nach ihnen umzudrehen.

wie sie auch mittags verschwunden bleiben,
wenn die nestwärme steigt unter der sonne,
die alten mit vorsicht an himmels lammzipfel zupfen.
wie sie fehlen im fadenschein der zwischenzeit,
während die männer ausharren im mikrowellental
und kippe machen mit den hunden.

wie endlich der bus nicht hupt, aber aufschnappt,
dann zu.
wie sie ankommen und austeilen, ehe sie nach der
arbeit
zur arbeit ziehen, auf die kleinen, abgezirkelten
beetstückchen zu
mit kartoffeln, spargel und stolz. wie die galle steigt
im hackentrommeln, im harkenzug, während die
männer
biersegeln üben im juni, da die bestellten felder
noch nicht abzuholen sind.

altes beifahrerhaus

schmutzwasserfarben zieht ein zug autos voraus,
verschwindet im straßenspiegel, ehe er wenige meter
später schon wieder schlingert im hitzeschliff,
die kornblumen frisst und den klatschenden mohn.
ich gebe die sporen: ach, meine karosserie!
mein prassendes dieselchen! doch wie fröhlich auch
die rufe vom mund in den schoß fallen,
sie machen öldunkle flecken
im helllichten streifenkleid … ehe ich mich's versehe,
stell ich den motor ab und zündele mit der zunge
an deinem leibchen. komm hoch, altes haus,
das mittagslicht steht kerzengerade
für uns ein! fraternisieren wir uns,
bis schlafes paternoster uns holt zu längerer fahrt.

vergehen

du wirst im aufstehn einen fuß verliern und weitergehn.
als wäre nichts geschehn, wird dein gesicht zur seite
schaun, bis dann von unten das jahrhundert aufzieht.
sind blitze ziseliertes zierwerk, das sich plötzlich
zeigt, so bleibt der donnerschlag im off, auf seine
hoheit brauchst du gar nicht warten. nur zarten
stiefeltritten auszuweichen, ist keine kunst,
doch kommt von können. von können kommst auch du,
kannst halb im dunkeln stehn und dich
dem erdbewohner zeigen, der nach dir
kommt. wenn er dich sehn will,
muss er sich beeilen. die brandgemalten schatten
stehn für sekunden nur
ganz still.

ich weiß gar nicht,

was meine hand hält oder
wer heute im oberstübchen quartier nimmt:
der zaumzeugverwalter? die blasse
konturzeichnerin? wo habe ich
meinen haftschwager vergessen, oder
hat er mich stecken lassen im herdbuch?
was wird hier verspielt, ehe?
ich mich versehe? noch weiß ich gar nicht,
womit gedroht wird. nur dieses
schlitzwerkzeug macht mir kleine
verdachtsmomente, es könnte sich tief
in den magen bohren und als
gefrierfleisch entlarven, und aber
was dann? ob es jetzt meine hand hält,
im oberstübchen quartier nimmt?
den zaumzeugverwalter lahmlegt,
die blasse konturdame kühlt? ob ich denen
handschuhe besorgen sollte? oder gleich
den eispickel kaufen? damit sie sich freischlagen können
aus mir, aus dem dauerfrost
meiner gebrechen? ich weiß gar nicht, wo
hier der hammer hängt. wo
hier die blaupausen gefeiert werden.

kleine anfrage

unter den kalten, sehr aufgeklarten
werbemaßnahmen des nachthimmel e.v.
besticht insbesondere: die tadellose klinge
des abgemagerten möndleins, wie sie
mit hellwacher schärfe, immer wieder, rechts, links
neben mir in die kissen fährt, dass ich
mich um und um werfe und endlich
zahlendes mitglied werden möchte.
täten meine späten peseten aber was nützen
dem ganzen verein? dessen schatz-
meister an meiner seite das alles verschläft?

das schicksal will

sich nicht mehr steigern lassen.
verzweiflung trägt ein laues fischgesicht zur schau,
die botin heuschreck hockt am tischrand und ist still.
verließ mich trauer? ja. ihr abspann flimmert noch
das rückgrat abwärts, der liebe gratstück,
das unter deinen fingern knirschte. die knochen stehn
befleischt beinander und strahlen, siehst du?, becquerel-
beherzt. so flandern sich wallonen, deutscht sich ein,
was dir äthiopisch schien. wer angst hat, sieht
den schwarzen mann. die weißen äpfelchen
der augen, deine, meine, taugen zum jonglieren,
das äquilibrium ist hergestellt: du ich ich du. in diesem
zustand fällt aalblau der regen ein, in schwärmen,
die sich himmelab aus hohen wolken keltern.

schnabeltasse

du fasst den tassenschnabel am wunden punkt,
wo das wasser (auffallend dünn) den schluck halbiert,
der schließlich die kehle nimmt wie eine beiläufige
kreuzung.
du spielst schatten versetzen im karo
der raubtiersprachen,
aber dein nur beinahe flügges genom sitzt im hinterkopf
fest, während du vielleicht glaubst, es habe den ausweg
endlich gefunden.

bronchiale stunts

für Thomas Kling

dass du nicht länger bleibst, scheint abgemacht.
                                        die harzigen
gerinnsel, die vom leibe gehn, sind gift und gallig.
                                              das bittre
stört nicht. *trägst du leinen?*, stört die frage, schon,
den gang der dinge, lauf der sterne, und
                              im handumdrehen,
feucht und zitternd, liegst du da: zum end, beatmet.

in deine bronchien, wo inzwischen kaskadeure nisten
und zwischen stunts ein stelldichein riskieren, strömt
kaltluft ein und frostet kapillaren, das blut steht still
und steif und rührt sich nicht, und wo dein herz war,
hängt ein muskelsack, und deine augen wolln mit mir
                                              nicht sprechen.

ein perlmuttfarbnes haustier ist der tod, sein schildpatt
tarnt ihn. die narkotika am wege, tabak und petunien,
blühn noch nicht, und was mein halfter war, in dem
ich mich bewegte, zählt nicht mehr.

mit allen wassern

zu: VOM WASSER
Fotografien von Jeff Beer

I

waschen. dein netz aufprägen
den dingen, die in wasserschlingen
zu grunde gehen. ertrinken. im sinken
noch knisternde umlaute, trickvokale,
ehe des wassers netzhaut dich fischt. du zappelst,
die kalkweiße maske will nicht

II

gewaschen sein. schwimmen? in öl?
im herzschlagkataster verzeichnet
dein hämmern, wie es das gleichgewicht
stört. du lächelst das milchweise lächeln
von säuglingen, eh du die augen schließt.
im wasser steht, dass wir uns

III

waschen werden. liebe und brauner flaum
überflimmern die haut, im wechsel mit wasserläufern
das härchenfingern. du brichst
immer wieder durchs wassercouvert,
in dem ich dich wegschicken wollte …
bist gestern. wirst längst

IV

gewaschen worden sein. der fluss unterdessen
ertrunken im feldbett, sein leichnam
im braunen mantel verliert sein gesicht,
während deines nun deutlich hervortritt
im strudeln der wasserratten, die aus der gelochten
oberfläche der zeit schlüpfen, hinein in dein ohr.

fragen sind

wie wiesel. wortlos wird nun aufgemacht
das spundloch. der schlitz, aus dem die antwort kommt,
ist aufgemalt, ein zungenstück im zwischenraum.
erst wackelts nicht, dann fängt es an zu schwingen.
fängt, da auskunft um die ecke leckt, die ferne ab
mit butterbrot, mit speck. mit frischen wecken.

wie wiesel, wortlos, hetzen fragen wett im laufrad
der verfertigung. verledert ein gefühl, kommt wetter auf
und fragt nicht. nicht nach landschaftseignung und
verdruss
durch regen fluss. ein spötter, wer sich göttliches
bei denkt und um erfolgsetats ein fass aufmacht.
da wärn wir wieder beim gelochten spund.

und mund? macht auf. macht zu. im auge des
verschlafenen hiervon ein widerschein, nach lidschluss
fort. auf und davon. so gut geboren liegt ein
fleisch am anderen, dass über sie hereinbricht:
nichts. und sind
noch fragen?

inhalt

Die Arbeit an diesem Gedichtband wurde mit einem Jahresstipendium des Deutschen Literaturfonds e. V. gefördert, wofür die Autorin herzlich dankt.

FSC
Mix
Produktgruppe aus vorbildlich bewirtschafteten Wäldern und anderen kontrollierten Herkünften
Zert.-Nr. SGS-COC-1940
www.fsc.org
© 1996 Forest Stewardship Council
Verlag Kiepenheuer & Witsch, FSC-DEU-0096

1. Auflage 2010

Umschlaggestaltung: Rudolf Linn, Köln
Umschlagmotiv: © ullstein bild – NMSI Science Museum
Autorenfoto: © Susanne Schleyer/autorenarchiv.de
Lektorat: Christian Döring
Gesetzt aus der Walbaum Text
Satz: Pinkuin Satz und Datentechnik, Berlin
Druck und Bindung: GGP Media GmbH, Pößneck
ISBN 978-3-462-04193-4

Kathrin Schmidt. Du stirbst nicht. Roman. Gebunden

Kathrin Schmidts atemberaubende Geschichte einer Heilung wurde als bester deutschsprachiger Roman 2009 mit dem Deutschen Buchpreis ausgezeichnet.

»[Es] zieht sich eine beharrliche Kraft durch dieses Buch, eine ermutigende Kraft.« *Neue Züricher Zeitung*

»Ein Buch über das, was einen Menschen ausmacht. Was ihn treibt und was ihn hält.« *Frankfurter Rundschau*

»Ein großer Roman über Krankheit, Sprache und Identität.« *Literaturen*

www.kiwi-verlag.de Kiepenheuer & Witsch

Kathrin Schmidt. GO-IN der BELLADONNEN. Gedichte.
Gebunden

Geschichte und Geschlecht, Körper und die Codes unserer Erfahrung, ein Blick, der die Sprache zum »fremdwörterhaus« werden lässt, die »kleinhausordnung« der Kindheit. Das sind Themen, um die das Schreiben von Kathrin Schmidt kreist, nicht nur in ihrer Lyrik, aber dort werden die Modelle zunächst erprobt, mit Lakonie, Frechheit, Intellekt, aber auch nicht ohne Melancholie.

Kathrin Schmidt. Koenigs Kinder. Roman. Gebunden